INTRODUCTION
A L'HISTOIRE
DE BUONAPARTE,

SUIVIE

D'UNE LETTRE TRADUITE DE L'ANGLAIS,

SUR LES CAUSES

DE LA RUPTURE DU TRAITÉ D'AMIENS.

PAR M. NETTEMENT,

ANCIEN SECRÉTAIRE DE LA LÉGATION FRANÇAISE A LONDRES.

A PARIS,

CHEZ { PETIT, LIBRAIRE, PALAIS-ROYAL, GALERIE-DE-BOIS, N°. 257.
MICHAUD FRÈRES, LIBRAIRES, RUE DES BONS-ENFANTS, N°. 34. }

DE L'IMPRIMERIE DE L. G. MICHAUD.

AVRIL 1814.

INTRODUCTION

A L'HISTOIRE

DE BUONAPARTE.

En publiant la relation de M. de Cevallos, relativement à l'usurpation de la couronne d'Espagne, je me suis proposé de fournir à l'historien une faible partie des matériaux nécessaires pour écrire l'histoire, je ne dis pas du règne, mais des brigandages de Buonaparte. C'est par le même motif que je me suis décidé à traduire et à publier une lettre écrite par un homme d'état en Angleterre, qui n'est connue de personne en France, quoiqu'elle ait été imprimée à Londres en 1804, après la rupture de la paix d'Amiens.

Les causes secrètes des événements qui ont agité, et qui menaçaient de bouleverser l'Europe, depuis que Buonaparte avait pris les rênes du gouvernement en France, sont ignorées de la plupart des nations, surtout de celles qui gémissaient sous sa protection; et si ce tyran eût fourni une plus longue carrière, ses crimes eussent été ensevelis dans le chaos de la barbarie où il méditait de plonger tous les peuples. Disons-le, à la gloire de l'Angleterre, c'est elle seule qui a opposé une digue à ce torrent dévastateur, et qui, par sa longanimité, sa patience et son courage, a le plus contribué à délivrer la terre du fléau qui l'opprimait. Tandis que Buonaparte établissait sa domination par les armes, par le mensonge, par l'artifice, par la corruption, par la violence, par l'imprimerie, *qui dénaturait tout*, et surtout par le voile impénétrable qui couvrait toutes ses trames et celles de ses agents; l'Angleterre avait les yeux ouverts sur sa conduite, et ses journaux, en révélant les fourberies du tyran, sa turpitude, ses projets ambitieux, et en montrant à découvert le faux grand homme, lui faisaient une guerre, d'autant plus redoutable, qu'il comptait encore moins sur le sort des armes pour subjuguer les peuples, que sur les ressources ténébreuses qu'il puisait dans son caractère naturellement hypocrite. Aussi l'historien qui entreprendra d'écrire la vie publique de Buonaparte, doit-il recueillir avec soin tous les matériaux qui n'ont jamais pu être publiés en France sur sa vie privée, et l'Angleterre seule peut nous les fournir. C'est l'ignorance qui avait décerné à Napoléon le surnom *de Grand*, et aujourd'hui, que sa vie appartient tout entière à l'histoire, c'est elle qui doit le dépouiller d'un titre qu'il avait usurpé. J'entends quelques-uns de ses adorateurs superstitieux s'écrier : « Mais » il y aurait de la lâcheté à écraser un » homme à terre; un homme qui a fait » de si grandes choses, qui a fatigué toutes » les trompettes de la renommée, et à qui » on avait élevé de son vivant des autels » sur lesquels l'encens fume encore! » Ne nous y trompons pas, il y aurait plus de danger qu'on ne pense à se laisser entraîner à de telles insinuations. Sans doute les créatures de Buonaparte, les instruments dont il se servit, ses vils adulateurs doivent tenir un pareil langage, et c'est moins pour le tyran que pour eux-mêmes, qu'ils cherchent à comprimer l'élan d'un peuple généreux, qui a acquis, par tant de sacrifices, le droit de connaître enfin la vérité. Disons donc hardiment que nous gémissions sous un sceptre de fer, et ne souillons pas le crayon de l'histoire en peignant, avec de funestes ménagements, un monstre dont la fausse renommée pourrait éblouir encore quelques yeux. Sondons la profondeur du mal; mettons à découvert toutes les plaies de la France, afin qu'il n'y ait plus qu'un concert de voix pour bénir nos libérateurs! Publions ses massacres et non ses victoires; ses usurpations et non ses conquêtes; son machiavélisme et non sa politique; ses actes arbitraires, ses spoliations, ses attentats multipliés contre la liberté, la fortune et la vie des citoyens, et non sa législation! En un mot, dépouillons-le de ce sceptre, de ces ornements, de ce faux éclat qui furent trop long-temps, pour un peuple malheureux, un objet de moquerie et d'outrage !

Buonaparte ne fut en effet, dans toute l'acception du terme, qu'un roi de théâtre. Il y était monté par la fourberie, et il voulut s'y maintenir par le même moyen. C'était un grand joueur, et il avait surtout cet avantage qu'il trompait au jeu ; et après avoir successivement trompé et ses ministres, et ses favoris, et ses généraux, et ses armées, et les peuples et les rois, il devait finir par se tromper lui-même. L'histoire de sa vie doit donc embrasser principalement celle de ses tromperies.

Sa fuite d'Égypte fut le premier échelon de sa puissance. Il ne rapportait néanmoins en France que la honte d'avoir été vaincu, et de laisser sa mémoire en horreur à ses soldats et aux peuples de ce pays. Mais le pouvoir directorial était sur son déclin, l'armée désorganisée, l'agitation des esprits à son comble, et tous soupiraient après un changement devenu nécessaire. Tout à coup on annonce l'arrivée de Buonaparte à Fréjus, et le peuple le salue avec transport comme son libérateur. L'enthousiasme était tel, qu'on ferma les yeux sur son débarquement, *qui était un crime capital,* puisqu'il avait violé les lois de la quarantaine, qui autorisaient tout individu à le tuer comme un pestiféré. L'étoile venue d'Orient devint l'objet de tant de panégyriques et d'adulations, qu'on ne douta plus que cet homme ne fût bientôt maître des destinées de la France. La liberté n'était plus qu'un vain nom, et la longue tyrannie populaire avait préparé toutes les classes à adopter une autre forme de gouvernement. En un mot, il était si facile à Buonaparte de s'emparer de la puissance, que l'histoire impartiale ne doit lui pardonner, ni son ingratitude envers Barras son bienfaiteur, ni ses intrigues pour chasser Sieyes, qui l'avait placé à ses côtés, et encore moins l'oubli du service signalé que son frère Lucien lui avait rendu dans la séance mémorable de St.-Cloud. C'est par suite du même système de fourberie qu'il prit le titre de Premier Consul, en associant à son triumvirat deux hommes tout-à-fait étrangers au métier des armes, qui ne devaient être que ses conseils, et qu'il se proposait d'écarter par la suite.

Cependant la mauvaise tournure des affaires en Égypte, où il n'avait laissé qu'un nom exécré par ses concussions et ses rapines, avait terni sa gloire militaire. Le brave Kléber s'était empressé de conclure la convention d'*El-Arish*, qui lui eût permis de revenir en France peu de temps après Buonaparte. Son intention était de dévoiler tous ses crimes, et de le faire traduire en jugement. On assure que ce plan avait été arrêté entre Kléber, Desaix, Reynier et Tallien. Malheureusement cette convention ne fut pas ratifiée, et quelque temps après Kléber fut assassiné!!!! C'est encore un Anglais, sir Robert Wilson, qui a publié des Mémoires intéressants sur la conduite de Buonaparte en Égypte. Le général Menou son servile confident, lui rendait compte de tout ce qui s'y passait depuis son départ.

Tallien, renvoyé en France après la mort de Kléber, pour y être jugé, fut sauvé par un bâtiment anglais, qui le fit prisonnier et le conduisit en Angleterre. Il n'en fut pas de même du général Desaix, qui arriva à Paris peu de temps après le départ de Buonaparte pour l'Italie. Carnot, alors ministre de la guerre, le nomma pour commander la réserve. La journée de Marengo eut lieu, et la victoire était au moins très incertaine, lorsque Desaix se précipitant comme un torrent, avec son corps d'armée, enchaîna la fortune, et décida le gain de la bataille. Il fut tué ! ! ! Ce fut à cette occasion que l'hypocrite Buonaparte s'écria : *Que ne puis-je pleurer!* Néanmoins, il s'empressa de revenir à Paris pour y savourer les honneurs du triomphe; et, pour dissiper bien des bruits, il fit élever des statues à Desaix et à Kléber.

Cependant Moreau, l'immortel Moreau, par des victoires bien plus glorieuses, puisqu'elles coûtaient moins de sang, et par sa modération, préparait l'œuvre de la pacification avec l'Autriche. La paix de Lunéville eut lieu. Cet événement offrit à Buonaparte l'occasion de mieux cacher les desseins ambitieux qu'il nourrissait en secret, et pour tromper davantage les peuples, il se mit en mesure de négocier la paix avec l'Angleterre. Il chargea de ce soin M. Otto, qui n'avait *en apparence* que le titre modeste de commissaire pour les prisonniers de guerre. L'affabilité de ses manières lui avait déjà concilié l'estime des Anglais, qui faisaient des vœux sincères pour la paix. Enfin, il s'entama une négociation secrète entre lui et lord Hawkesbury, et elle fut suivie des préliminaires de paix avec la *République Française*, signés à Londres, le 1er. octobre 1801. Cet événement presque inattendu, causa la plus grande joie en France, ainsi qu'en Angleterre. Amiens fut le lieu fixé pour la réunion des plénipotentiaires des puissances qui devaient figurer au traité de paix définitif. Mais les préliminaires n'eurent pas été plutôt signés, que Buonaparte mit des entraves à la réunion du congrès. Il attira d'abord à Paris lord Cornwallis, sous prétexte de lui donner des fêtes, et il chercha, par l'accueil le plus engageant, à se concilier le suffrage des Anglais qui y arrivaient en foule. On ne voyait sur la plupart des boutiques que des images dédiées au *Héros Pacificateur*. Des écrivains, à sa solde, le peignaient en Angleterre sous les mêmes couleurs, et personne ne voyait que, sous ces dehors trompeurs, Buonaparte jetait déjà les bases du despotisme militaire qu'il voulait faire peser sur toute l'Europe.

Lord Cornwallis, qui était parti de Londres le 1er. novembre, quitta enfin Paris à la fin du même mois, et il arriva à Amiens le 1er. décembre. Joseph Buonaparte ne s'y rendit que quelques jours après, et y fut suivi du ministre de Hollande, M. Schimmelpenninck; mais l'envoyé d'Espagne n'arrivait pas, cette cour ayant fait choix du chevalier d'Azara, qui était à Gènes, et dont le départ était, disait-on, suspendu pour cause de maladie. Cependant sa présence au congrès était d'autant plus nécessaire, que l'Espagne devait consentir à la cession de la Trinité, en faveur de la Grande-Bretagne. En attendant, tout se passait à Amiens en visites de pur cérémonial. Ces lenteurs commençaient à agiter les esprits en Angleterre, et les craintes devinrent plus vives lorsqu'on y apprit que le Premier Consul était parti le 9 janvier pour se rendre à Lyon; mais on s'attendait tout-à-fait à la rupture des négociations, lorsqu'on eut été informé qu'il s'était fait proclamer président de la République Cisalpine, dont l'indépendance avait été garantie par le traité de Lunéville.

Le ministre d'Espagne arriva enfin à Amiens le 29 janvier, et Buonaparte fit le lendemain son entrée à Paris, décoré du nouveau titre qu'il avait usurpé à Lyon. Enhardi par le succès de cette démarche, il fit publier un traité secret qu'il avait conclu avec l'Espagne, au mois de mars 1801, par lequel cette puissance lui cédait la Louisiane, et en outre le duché de Parme et l'île d'Elbe, à la mort du duc régnant. Admirons en cela les décrets de la Providence, qui a voulu que cette île, la première de ses usurpations, devînt le lieu de son exil et son dernier asile! Ce n'était pas encore assez pour Buonaparte, et dès son arrivée, il donna ordre au général Thureau d'envahir le Valais, et de commencer l'œuvre de l'asservissement de la Suisse.

De telles usurpations étaient bien de nature à provoquer le rappel de lord Cornwallis, et la rupture du congrès d'Amiens. Mais l'opinion s'était tellement prononcée en faveur de la paix, que les ministres jugèrent qu'il ne serait peut-être pas prudent de recourir aux chances désastreuses de la guerre. L'opposition était d'ailleurs très prononcée en faveur de Buonaparte, et il était à craindre que des émeutes populaires ne fussent la suite de cet engoûment funeste. Je suppose donc, avec fondement, que le cabinet britannique, placé entre deux écueils, prit le parti qui lui offrait le moins de dangers. Sans doute il ne pouvait plus désormais ajouter une grande foi aux dispositions pacifiques de Buonaparte; mais il dut faire la paix, pour mieux convaincre le monde de sa fourberie. Elle fut en conséquence signée le 27 mars 1802.

Buonaparte ne tarda pas néanmoins à prouver à toute l'Europe, qu'il n'était pas dans sa nature de suivre une ligne de conduite honorable, sage et mesurée. D'abord il refusa, malgré les stipulations formelles du traité d'Amiens, de rembourser aux Anglais les sommes qu'ils avaient placées dans les fonds publics en France. On réclama la restitution de trois bâtiments anglais capturés dans les mers de l'Inde, après qu'on y avait eu connaissance de la paix, et Buonaparte ne voulut point les rendre. Il manifesta en outre les dispositions les plus hostiles, en opposant toutes sortes d'entraves au commerce anglais, non seulement en France, mais en Espagne, en Italie et en Hollande. On poussait la violence jusqu'à saisir et confisquer, comme marchandises anglaises, les meubles et autres objets particuliers appartenant aux capitaines des bâtiments marchands qui entraient dans un port de France.

Cette conduite de Buonaparte dut faire présumer que la paix ne serait pas de longue durée, et le cabinet de Londres ne se hâta pas en conséquence de rendre Malte, n'ayant que cette garantie à opposer aux infractions journalières du traité; mais ce qui excitait le plus l'animosité du premier consul, c'est la liberté de la presse en Angleterre. Il avait beau dissimuler ses projets ambitieux, les puissances de l'Europe étaient instruites par les journaux anglais de tout ce qu'il méditait contre elles. Il osa donc concevoir l'idée absurde d'obtenir que son ambassadeur à Londres eût le droit de censurer les écrits publics en Angleterre, et même d'imposer silence aux membres du Parlement. M. Otto eut ordre de présenter une note à ce sujet, et il ne le fit qu'à regret, sachant bien qu'on lui faisait faire une démarche ridicule; mais il fallait obéir. Le résultat fut tel qu'il s'y attendait, c'est-à-dire, digne d'un cabinet dont tous les actes sont eux-mêmes soumis à la censure publique. Il faut observer néanmoins, que si la presse est libre en Angleterre, les lois ont pourvu à ce que cette liberté ne dégénère point en licence. Il n'en était pas de même en France sous Buonaparte. Tous les journaux quelconques étaient à ses ordres, et ne pouvaient dire que ce qu'il voulait. Pour un seul mot hasardé, un livre entier, une feuille publique étaient supprimés, et les auteurs emprisonnés. L'histoire seule de l'inquisition mise sur la presse en France, pourrait fournir matière à plusieurs volumes. Buonaparte faisait lui-même le métier de journaliste, et les violentes Philippiques que l'on publiait dans le journal de l'Empire, et même dans le journal officiel, étaient souvent dictées par lui. On doit aussi cet hommage à la vérité, de déclarer, comme une chose positive, que les bulletins des armées, si odieux, si mensongers, si offensants même pour la plupart de ses généraux et de ses officiers, étaient également son ouvrage.

M. Otto ayant échoué dans sa négociation, Buonaparte ne garda plus de mesure. Il fit insérer dans le *Moniteur* du 9 août 1802, que Georges devait recevoir comme prix de ses services, l'ordre de la jarretière, s'il eût réussi par sa machine infernale à exterminer le premier consul. Chaque jour les feuilles publiques en France étaient remplies d'invectives et de calomnies contre les cabinets étrangers, et les hommes en place. Buonaparte ne s'en tint pas là, et dans la vue de se faire des partisans en Angleterre pour y exciter des troubles, il y envoya des agents secrets (1); mais on n'eut plus aucun doute sur ses desseins hostiles, lorsqu'on vit arriver, en qualité d'agents du commerce, au moment où il n'existait aucun commerce entre les deux nations, des individus, pour la plupart militaires, qui avaient pour instructions secrètes, de lever les plans des côtes, et de sonder la profondeur des ports. Buonaparte allumait en même temps le feu de la révolte en Irlande, et ce n'est qu'en Angleterre que l'historien pourra recueillir les documents nécessaires pour faire connaître dans toute son étendue, cette conspiration dont le premier consul était le chef. Sans doute il existait dans les archives de la secrétairerie d'état, des pièces bien importantes; mais Napoléon se voyant déconcerté dans son plan, qui avait pour objet d'attirer les armées alliées à sa poursuite, du côté de Langres, se hâta de don-

(1) Ce sera une histoire bien curieuse que celle de l'espionnage sous Buonaparte.

ner l'ordre qu'on brûlât *tous les papiers importants*. C'était en dire assez, et cet ordre fut exécuté trois jours avant la mémorable journée du 31 mars.

Les usurpations réitérées de Buonaparte, surtout l'envahissement de la Suisse, et ses projets sur la Hollande, continuaient à alarmer les esprits. La guerre de journaux devint plus virulente que jamais. On accusait ouvertement dans le *Moniteur* les ministres anglais, d'envoyer des assassins en Suisse, d'avoir fait massacrer les plénipotentiaires français à Rastadt, etc., etc.; et vers le même temps, le colonel Despard fut arrêté à Londres pour avoir attenté à la vie du Roi. Cet événement fit une aussi grande sensation à Paris qu'en Angleterre, et les journaux français, pour donner le change, accablèrent ce misérable d'invectives. Le peuple y fut trompé, comme il l'était en tout, et les hommes clairvoyants furent obligés de se taire et de gémir (1).

Lord Whitworth était arrivé depuis peu

(1) Le fils de ce même Despard qui était au service de France, obtint un grade supérieur après l'exécution de son père.

de temps à Paris en qualité d'ambassadeur de S. M. B. Le gouvernement anglais ayant été informé que Buonaparte faisait équiper des flottes dans les ports de France et de Hollande, annonça par un message au parlement, qu'il était nécessaire de se mettre en mesure contre les événements. Le parlement vota sur-le-champ une adresse à S. M., et lui promit tous les secours qu'elle jugerait nécessaire pour la sûreté et la défense de l'Etat. Ce message remua tellement la bile du premier consul, que dans une conférence avec lord Whitworth, il s'emporta au point d'oublier toutes les convenances, adressant à l'ambassadeur d'Angleterre des propos aussi injurieux et aussi offensants, que s'il eût gourmandé un de ses ministres. Il fit ensuite insérer dans la gazette de Hambourg, du 30 mars 1803, une philippique contre le message du roi d'Angleterre. Ce fut M. Reinhard, ministre de Buonaparte à Hambourg, qui força le sénat à autoriser l'insertion de cette note infâme. Nous en citerons un passage, qui fera enfin sourire ceux qui ont si long-

temps étouffé leurs douleurs et leur indignation : « Lorsqu'un homme lit ce message, il se croit lui-même transporté au
» temps de ces traités que *les Vandales*
» faisaient avec les Romains dégénérés,
» lorsque *la force usurpait la place du*
» *droit*, et que, par un appel soudain aux
» armes, *ils insultaient l'antagoniste,*
» *qu'ils voulaient attaquer.* » Avouons-le, et rendons cette justice à Buonaparte, que cette fois du moins, il avait jeté le masque, Mais il voulait déjà qu'on le crût un grand homme, le régénérateur de l'ordre social, l'envoyé du Très-Haut; et le peuple avide de merveilles, attendait l'effet de ses oracles. Le fourbe! Il avait pris ses leçons dans l'*Alcoran*, et il confondait un siècle de lumières avec les temps reculés de la barbarie! Il voulait en effet nous y ramener, et ses institutions en offrent la preuve : un sénat *conservateur*, pour décimer chaque année la population de la France; un corps législatif, pour disposer à son gré de la fortune des citoyens; un concordat avec le chef auguste de la religion, pour usur-

per la puissance spirituelle (1) ; un code fastueux et de continuels attentats à la propriété (2) ; une université, pour en-

(1) Buonaparte ayant eu à ce sujet une discussion assez vive avec Volney, qui n'était pas pour le concordat, il lui dit qu'il fallait bien complaire au vœu général de la France. Dans ce cas, lui répliqua Volney, rappelez bien vite les Bourbons, car *vous ne pouvez rien faire qui soit plus agréable à tous les Français.* Mais cet impie devait fouler à ses pieds les choses les plus sacrées, et rendre la religion plus sainte en la profanant et en la persécutant. Tout à coup il usurpe l'encensoir et se fait adorer comme un Dieu. « Ministres des autels, disait un » pontife égaré, sanctifions nos paroles, disons qu'il » est l'homme de la droite de Dieu. » — « La concep- » tion que vous avez eue, disait le président du tribunat » à la mère de Buonaparte, en portant dans votre sein le » Grand Napoléon, n'a été assurément qu'une inspiration » divine. »

— Un préfet s'écria en sa présence : « Dieu fit Napo- » léon et se reposa. » On ne finirait pas si on voulait rapporter toutes les louanges que lui adressaient ses serviles adorateurs. (*Voyez* les discours de tous les présidents des différents corps de l'État.)

(2) Citons, pour la vindicte publique et comme un hommage aux nombreuses victimes de la tyrannie, un fait particulier. Buonaparte vint, le 2 février 1811, visiter une propriété particulière sur le côteau de Chaillot ;

rôler et égarer la jeunesse; une banque publique, pour y puiser à son gré;

---

en face du pont de l'Ecole royale militaire, propriété consistant en vingt-trois arpents clos de murs et plusieurs bâtiments, surtout une maison neuve ayant vingt-neuf croisées de face. Ce terrain, outre la fertilité du sol et la beauté inappréciable de la perspective, renfermait, et à vue de ciel, une carrière de pierre de roc d'un immense produit. La construction du pont était achevée, ce qui ajoutait encore à la valeur de cette propriété. Buonaparte était accompagné dans cette visite de son intendant, M. Daru, et de son premier architecte, M. Fontaine. Le malheureux propriétaire, qui n'habitait sa maison neuve que depuis environ huit mois, accourt avec sa femme et ses enfants pour savoir quel était l'objet d'une visite aussi inattendue. Ils se pressent autour des chevaux, et ils entendent M. Fontaine qui disait à son maître : « Sire, du péristile de son palais, votre majesté » verra manœuvrer ses troupes dans le Champ-de-Mars. » Ils apprennent ensuite que Buonaparte avait ordonné, d'après le rapport de son architecte, qu'il serait élevé sur ce sol un palais, dit le *Palais du Roi de Rome*, à la mémoire de son fils, qui cependant ne vint au monde que le 20 mars suivant. Le propriétaire est ensuite appelé chez l'intendant de la couronne pour convenir du prix, et il fut convenu qu'il serait réglé par des experts. Le propriétaire nomma M. Boisard, architecte, pour son expert, et l'intendant de la couronne nomma M. Fontaine. Ces un gourvernement en un mot, le plus immoral, le plus tyrannique, et le plus oppresseur qui ait jamais existé.

---

deux experts se rendirent sur les lieux le 15 février, et M. Fontaine, après avoir mis tout au plus un quart-d'heure à visiter la propriété, et dédaignant d'entrer dans aucune explication avec son co-expert, déclara au propriétaire : « Que c'était à tort qu'il avait fait bâtir » une maison, construire un grand escalier, planter des » arbres, etc., etc., et qu'il ne lui en serait tenu aucun » compte, attendu que l'empereur *ne lui avait pas or-* » *donné de faire ces dépenses!* » Il ajouta : « Qu'on » lui donnerait. . . . . 140,000 francs,
» et le quart en sus comme *don impérial*. 35,000

Total. . . . 175,000 francs.

Enfin, « que, s'il se refusait à céder sa propriété à ce » prix, on saurait bien l'y forcer. » M. Boisard était présent à cette singulière conférence. Cependant cela ne l'empêcha pas de faire son rapport, et il estima la propriété, *non compris le quart en sus*, 534,919 francs. Ce rapport est transmis à M. l'intendant-général, qui n'en tient aucun compte, et l'on dit au malheureux propriétaire, qu'il n'a d'autre alternative que de céder, ou d'encourir la disgrâce de l'empereur. Il fait cependant de vives représentations; il implore la justice et la commisération de M. l'intendant de la couronne ; il invoque le droit sacré de propriété; il expose qu'il y va de son

Pour revenir à notre narration, lord Whitworth ne se laissa point intimider par

---

existence et de celle de sa famille! On repousse ses prières, et l'on a recours à la violence. D'abord M. Fontaine fait une invasion dans sa propriété, et en chasse les ouvriers qui y travaillaient à l'extraction de la pierre, en leur déclarant *que cette propriété appartenait à l'empereur.* Cette invasion eut lieu vers la fin du mois de mars. Puis on a recours à l'autorité de la police et à celle du département de la Seine, pour épouvanter la malheureuse famille qu'on voulait dépouiller. La préfecture de police fit signifier, le 13 avril, l'arrêté foudroyant qui lui avait été dicté, et ce fut le 15 avril 1811 que fut consommée, par une prétendue vente au prix de 175,000 francs, cette spoliation sans exemple depuis celle du champ de Naboth! Cependant les tribunaux semblaient ouvrir une porte à ces infortunés pour obtenir justice, et ils eurent le courage d'y porter leurs doléances. Me. Grand-Jean, avoué, instruisit l'affaire. MM. Berryer, Piet et Roux-Laborie, rédigèrent et signèrent pour les plaignants une consultation qui ne laissait aucun doute sur la légitimité de leur demande. On paraît devant le tribunal de première instance du département de la Seine; on *prouve* que la vente qu'on a été forcé de souscrire, offre une lésion de plus de sept-douzièmes, et l'on demande en conséquence qu'il soit nommé des experts pour déterminer la quotité de cette lésion. M. Piet plaide avec un généreux dévouement la cause des victimes. Il porte la conviction dans les menaces d'un audacieux parvenu, et il lui répondit avec cette dignité et cette énergie qui convenaient à l'ambassadeur d'une grande nation. Buonaparte avait déjà dans presque tous les cabinets de l'Europe, des hommes qui lui étaient dévoués, et le gouvernement anglais est le seul qui soit resté inaccessible à la corruption. Aussi l'histoire des relations politiques de la France sous la tyrannie de Napoléon, n'offrira-t-elle qu'un tableau bien affligeant d'intrigues ténébreuses; d'émissaires chargés de corrompre les hommes en place, et d'accréditer les plus grossiers mensonges

---

tous les esprits; mais les agents du despotisme s'agitaient, ils demandaient hautement qu'on écartât les plaignants par une *fin de non-recevoir*, et les juges tremblants, au lieu de mettre leur responsabilité à couvert par un rapport d'experts, décidèrent que la lésion n'était pas des sept-douzièmes. Les victimes ont eu néanmoins le courage d'appeler de ce jugement, et, disons-le avec vérité, elles n'en ont appelé que pour la conservation de leurs droits, et qu'à cause de leur intime conviction que le règne du brigandage touchait à sa fin. Cet appel a été signifié à M. de Champagny, en sa qualité d'intendant-général de la couronne, le 15 décembre dernier.

et les plus atroces calomnies; d'assassinats de courriers, pour enlever les dépêches dont ils étaient porteurs; d'attentats contre la personne des ambassadeurs, notamment l'arrestation à Hambourg du chevalier Rumbold, ministre d'Angleterre, et sa translation au Temple; de violations de territoire, témoin l'arrestation à Ettenheim de l'infortuné duc d'Enghien, suivie de son assassinat à Vincennes; de mandats d'arrestation décernés contre des Français de marque dans les pays étrangers, entre autres la menace qui fut faite à la cour de Vienne, à l'époque du procès de Moreau, de faire marcher une armée sur Vienne, si on ne livrait pas à l'ambassadeur de France des malheureux émigrés qui n'étaient coupables que d'avoir été fidèles à l'honneur et à leur devoir; enfin de tentatives d'assassinats et d'empoisonnements contre plusieurs individus, mais surtout contre l'illustre famille royale de France lorsqu'elle résidait à Varsovie, Buonaparte voulant ainsi se venger de cette réponse digne d'un petit-fils de Henri IV et de Louis-le-Grand, que

Louis XVIII lui avait faite lorsqu'il avait osé demander à ce prince qu'il abdiquât en sa faveur le trône de ses pères!

D'après tout ce qui se passait, il était aisé de voir que Buonaparte n'avait voulu essayer de la paix avec l'Angleterre que pour tâcher de s'y faire un parti puissant, et d'y exciter des troubles dont il eût pu profiter. Il espérait par ses proclamations incendiaires, éblouir le peuple de ce pays, et elles eurent précisément un effet tout contraire. Sa profonde ignorance des lois et de la constitution anglaise, et sa présomption, furent la cause de son erreur; et plus il outrageait le parlement et les ministres, plus il prouvait à la nation qu'il était lui-même l'agresseur. Il s'oublia même au point de dire, dans son discours au corps législatif : « que l'Angleterre n'était » pas en état de lutter seule contre la » France. » Lord Whitworth ayant fait des représentations relativement aux camps qui se formaient à Boulogne, on lui répondit, *que cela était tout naturel.* Les usurpations qu'on avait déjà faites, et celles qu'on méditait, étaient également des événements *tout simples*, *tout naturels*. Il ne faut pas omettre que dans ses discussions avec le gouvernement anglais, Buonaparte exigeait impérieusement qu'il chassât les émigrés français qui, dans cette île hospitalière, attendaient le moment de leur délivrance.

Tel était l'état des choses, lorsque S. M. B. rappela son ambassadeur à Paris, au mois de mai 1803. Mais avant son départ, Buonaparte fit insérer dans ses journaux la note suivante : « On dit, qu'en conséquence du départ projeté de lord Whitworth, les Anglais qui sont actuellement » à Paris se hâtent de le quitter. Nous » sommes autorisés à annoncer que toutes » les craintes qu'on chercherait à inspirer » aux Anglais sont sans aucun fondement; » ils verront que le gouvernement français accordera aux personnes de cette » nation, qui désirent rester en France, » plus de protection qu'ils n'en recevaient » de leur propre ambassadeur. Ils doivent » savoir que la France n'est plus gouvernée

» par un Robespierre, ni par un systême » de terreur. »

Ceux qui eurent la faiblesse d'ajouter foi aux promesses de Buonaparte, hommes, femmes, vieillards et enfants, furent détenus comme prisonniers de guerre. Lord Elgin éprouva le même sort, malgré la promesse que lui avait faite Buonaparte lui-même, qu'il ne serait jamais porté atteinte à son caractère d'ambassadeur de S. M. B. Lord Yarmouth qui était en Angleterre, apprend que sa famille était exposée à éprouver le sort des Anglais détenus comme prisonniers de guerre. Il part de Londres, et s'embarque à Douvres à bord d'un parlementaire, pour voler au secours des siens. Avant d'entrer dans le port de Calais, il fait demander au commissaire de police, s'il peut débarquer en sûreté, et celui-ci lui répond, que ni lui ni les autres personnes qui sont à bord, n'ont aucun risque à courir. Ils entrent sur la foi de cette promesse, et ils sont tous faits prisonniers de guerre!

Buonaparte néanmoins accusa les Anglais

d'avoir violé le traité d'Amiens, et d'être les auteurs de la guerre. Les feuilles publiques en France s'efforcèrent de donner cette direction à l'opinion publique, et il se trouva même en Angleterre deux ou trois écrivains qui prétendirent que les torts étaient du côté du gouvernement anglais. Ce fut à cette occasion qu'un homme d'état fit imprimer à Londres, sous la forme d'une lettre, ses observations sur une brochure qui avait paru en faveur du premier consul, et c'est pour préparer à la lecture de cette lettre, qu'il m'est venu à la pensée de la faire précéder d'une introduction à l'histoire de Buonaparte. Jusques-là, je crois avoir rempli la tâche que je me suis proposée.

Je voulais aussi rendre un juste hommage à cette nation grande et généreuse, à laquelle nous sommes principalement redevables de notre affranchissement, et mon opinion à ce sujet est pleinement confirmée par la déclaration si noble, si touchante, que notre Monarque bien-aimé a faite lui-même de ses sentiments, à S. A. R. le prince régent.

Enfin, il m'était venu à la pensée d'offrir à mes concitoyens une esquisse rapide des principaux traits de la vie politique de Buonaparte, et d'indiquer sous quel point de vue son histoire devait être écrite, et à quelles sources il fallait puiser. Je n'ai pas la prétention d'avoir à cet égard dignement rempli ma tâche; mais ce qui m'a principalement inspiré ce courage, c'est le désir de combattre une opinion que quelques personnes affectent de répandre, et que je crois fausse et dangereuse, savoir: — « Qu'il » faut se taire sur Buonaparte, aujourd'hui » qu'il est malheureux! » — J'avoue que, comme Français, comme homme, comme père de famille, j'ai vu avec peine qu'on cherchât à émouvoir les sentiments d'une nation trop généreuse et trop patiente, en faveur d'un monstre qui en a été le bourreau. N'a-t-on pas vu, qu'avant de partir pour son dernier asile, il a lui-même affecté de faire des vœux pour cette famille auguste qu'il avait vouée à la proscription? Ne nous y trompons pas, c'est encore là une combinaison de son esprit, et non un mouvement de son cœur. Le fourbe voudrait encore trouver des apôtres, même dans les conseils de nos rois. Sans doute il pleurait, mais il pleurait de rage, regrettant que Paris eût échappé à ses fureurs! Qu'est-ce donc qu'un seul homme, un étranger, lorsqu'il s'agit du sort de tous les Français? Non, ils ne doivent manifester aucun sentiment de pitié pour celui qui les a si longtemps sacrifiés, pour le destructeur de l'ordre social, l'ennemi de toute autorité légitime, et le violateur de tout ce qu'il y a de plus sacré parmi les hommes, la religion, la morale publique, la foi des traités! L'histoire de sa vie doit apprendre aux races futures à repousser avec horreur tous ceux qui, comme lui, oseraient usurper la puissance des rois.

LETTRE D'UN ANGLAIS

SUR BUONAPARTE.

Mon cher Monsieur,

Le jugement que vous avez porté sur une brochure ayant pour titre : *Pourquoi sommes-nous en guerre?* m'a fait lire ce petit ouvrage avec toute l'attention qui est due à votre témoignage et à l'importance du sujet. Si j'adopte, à cet égard, une opinion contraire à la vôtre, je suis persuadé que vous accueillerez mes observations avec indulgence, et que vous les apprécierez avec cette droiture et ce discernement qui vous caractérisent si bien. Si mes idées excitent un sourire, j'ose croire que ce ne sera point celui de l'ironie. Si je n'établis point les faits comme vous les avez présentés, vous ne les examinerez pas moins de sang froid, et vous ne m'attribuerez d'autre intention que celle que m'inspire un zèle honorable et patriotique.

En examinant une question de cette importance, il est essentiel de l'envisager dans toutes ses parties ; de l'aborder, non pas avec la ténacité minutieuse d'un plaideur, mais avec les idées grandes et libérales d'un homme d'état. Il est essentiel de ne point se borner à quelques documents, mais de considérer la situation, les intérêts et les desseins des puissances engagées dans la contestation, et de porter également nos regards sur les nations qui nous environnent. C'est là ce que l'auteur de la brochure n'a point fait. Mais en évitant d'observer dans la conduite de la France tout ce qui n'est point retracé par les documents relatifs à la dernière négociation; en colorant ce qu'il y a de plus atroce dans cette conduite ; en omettant les discours frénétiques du premier Consul dans ses conférences avec lord Witworth; et en peignant enfin, sous des dehors trompeurs, la conduite de l'Angleterre, il a voulu jeter tout l'odieux de la guerre sur un ministère dont les dispositions évidemment pacifiques ont été considérées comme un sujet d'opprobre par un certain parti existant dans ce pays.

Je crains que votre patience ne soit fatiguée de ces observations sur l'auteur. Je les renfermerai dans un cercle étroit, et je vais poser les principes sur lesquels il se fonde, comme ceux mêmes d'après lesquels on doit démontrer la nécessité de la guerre.

L'accusation la plus grave, dit l'auteur, *est celle relative à la confiscation de nos vaisseaux marchands;* mais il n'a point voulu remarquer ici ce qu'il y a de plus matériel dans cette accusation : je veux parler des obstacles mis en France au recouvrement des propriétés anglaises. C'est une circonstance qui méritait ses réflexions les plus sérieuses : car alors même que, dans la Grande-Bretagne, on rendait les propriétés des Français; qu'on liquidait ce qui était dû par le gouvernement et par les particuliers, les Anglais, qui sollicitaient la même chose en France, y rencontraient des obstacles insurmontables. Si bien que lorsque les hostilités ont recommencé, les affaires concernant les sommes dues à l'Angleterre étaient à peu près dans le même état qu'avant la paix. Le gouvernement français, n'ayant pris aucune mesure pour remédier à cet inconvénient, a fait, par cela même, une infraction à la paix, et cela seul est suffisant pour justifier notre gouvernement dans ses conjectures qu'il n'existait aucun esprit de conciliation, et qu'une puissance qui se conduisait ainsi, n'avait voulu obtenir qu'une trève, et n'avait point conclu la paix.

Quant à l'affaire du paquebot *The Fame*, en décembre 1801, et à celle du brick *le George*, en août 1802, on n'en a point parlé dans le temps. Ce silence indiquerait, suivant quelques-uns, que notre gouvernement avait des dispositions à temporiser; mais il ne fera penser à personne que nos ministres avaient des vues antipacifiques. Cette circonstance, si elle prouve quelque chose, ne prouve point du tout en faveur de notre auteur.

On veut ensuite excuser l'envoi dans ce pays et en Irlande, d'agents commerciaux ou commissaires, chargés de reconnaître la profondeur de nos ports, et les vents propres à l'entrée et à la sortie; mais l'auteur a négligé de remarquer que ces agents étaient des militaires, et non des hommes au fait des affaires commerciales. S'il eût fait cette remarque, il n'aurait pu s'empêcher d'avouer que les renseignements parvenus à cet égard à nos ministres suffisaient pour changer en certitude le soupçon qu'ils avaient qu'on voulait nous subjuguer. Je demande maintenant s'il est sûr que des propositions relatives au commerce aient été faites à notre gouvernement par M. Coquebert-Mombret, ou par M. Otto, depuis l'arrivée à Londres du premier de ces deux messieurs; je demande encore à quoi des agents commerciaux français pouvaient servir dans nos ports de commerce, avant qu'aucune espèce de commerce existât entre les deux pays ; et quand même ils auraient été nécessaires, ce qui est absurde, pourquoi l'on nommait des militaires pour remplir ces fonctions? Est-ce que cette conduite, de la part des Français, n'avertissait pas clairement nos ministres de se préparer à la guerre ?

Je vois avec satisfaction que notre auteur est obligé d'avouer que les ministres se sont conduits avec autant de courage que d'humanité, en refusant de priver les princes français de l'asile qu'on leur avait accordé. Dire qu'ils se sont acquittés, à l'égard des grands tombés dans la détresse, des devoirs ordinaires de l'hospitalité, c'est le plus grand éloge qu'on puisse leur donner. En se comportant différemment, ils auraient manifesté des sentiments bas et grossiers ; ils auraient avili notre caractère, et seraient devenus les mannequins de la cour consulaire. Il est bon de remarquer que, lorsqu'on nous a requis d'ôter à ces infortunés notre protection hospitalière, l'usurpateur, convaincu de la faiblesse de ses droits au pouvoir dont il est investi, sachant bien que ce n'étaient ni des principes d'équité, ni les formes au moins indispensables d'une élection, ni la prééminence de la vertu, mais le hasard et la fourberie, qui lui avaient servi de marchepied pour parvenir à la puissance, tâche d'écarter un des obstacles qui s'opposaient à ses prétentions, en négociant avec l'illustre Chef de l'ancienne monarchie française la renonciation de ce prince et de sa famille à tous leurs droits au trône de leurs ancêtres. La réponse qu'on lui a faite est digne des nobles sentiments de ceux auxquels il s'adressait; et c'est alors qu'il a eu la bassesse de les menacer de son indignation ! Nul doute que partie de son plan ne fût de les priver de tout asile, de ne point souffrir qu'ils jouissent de la protection d'aucune puissance, afin que, par de pareilles humiliations (osant supposer à des hommes nés pour le trône, des sentiments analogues à la bassesse des siens), il pût les amener à vendre leurs droits (droits imprescriptibles, inaliénables et sacrés), pour un morceau de pain ! Les ministres de la Grande-Bretagne ignoraient-ils assez les machinations de ce Consul artificieux, pour ne point pénétrer ses desseins? ou étaient-ils assez faibles pour devenir ses complices? Ne savaient-ils pas que leur condescendance eût en partie réalisé les menaces qu'on avait faites à ces malheureux princes? Et convenait-il à leur dignité d'être les instruments de l'élévation de ce despote militaire au trône de la France?

J'aborde maintenant un point très-important, cette partie de la discussion que l'auteur a tellement embrouillée, qu'on ne peut s'y reconnaître sans beaucoup d'attention. Nous estimons justement la liberté de la presse: notre pays est le seul où l'on puisse donner à la tyrannie son véritable nom, et fournir à l'histoire les traits réels de ceux qui ont opprimé l'Europe. Le premier consul, également ambitieux de pouvoir et de renommée, ne distinguant point les moyens par lesquels il peut se procurer l'un et l'autre, ayant seulement à cœur d'asservir l'Europe, ne peut voir sans indignation *l'existence* d'un pays, et d'une presse qui donne aux vivants, et va transmettre à la postérité l'histoire d'une vie souillée de l'énormité du crime. Il ne peut se représenter sans indignation la presse qui a dévoilé l'horrible histoire du massacre de *Jaffa* et l'empoisonnement de ses propres malades, qui a convaincu l'incrédule humanité que les crimes les plus affreux peuvent être commis sous le voile spécieux de la philantropie, et colorés par le pinceau vénal d'une fausse philosophie. La suppression de cet instrument puissant, de cet alarmant *Moniteur*, fut une des premières demandes du gouvernement consulaire après le traité d'Amiens. On ne peut nier que nos journaux ne se soient permis des invectives que les nombreuses atrocités du gouvernement consulaire pouvaient à peine justifier. Ils se sont, pour la plupart, fait un systême d'insulte si grossier qu'ils s'éloignaient eux-mêmes de leur but, à moins que (selon quelques personnes), ce ne fussent les agents mêmes de la France qui publiaient de pareils articles pour justifier l'intervention du gouvernement français. Quoi qu'il en soit, on est intervenu, et l'on a commencé par une assertion aussi fausse qu'insidieuse, à laquelle votre auteur a donné son assentiment. On a dit que les lois particulières et la constitution de la Grande-Bretagne sont subordonnées aux principes généraux des lois des nations. Il est bon d'examiner cette assertion : ainsi que presque toutes les propositions captieuses, elle est vraie dans un sens et fausse dans un autre : elle est vraie dans un sens qu'on ne peut appliquer à l'objet que nous discutons, et elle est fausse en tant qu'elle est applicable à cet objet.

Quant aux relations entre deux États souverains, aux droits de souveraineté sur la mer et sur la terre ; quant à l'exécution des traités, à l'observance des lois de la guerre, aux priviléges des ambassadeurs, à la préséance des souverains et de leurs représentants, la loi des nations est supérieure aux lois constitutionnelles des états particuliers. Mais dans les réglements intérieurs, dans la législation domestique, elle n'a de droits et d'autorité qu'autant que cela paraît convenable aux législateurs des nations particulières. Cette remarque est si claire qu'elle n'a point besoin de preuve ou de démonstration; si elle en avait besoin, l'histoire de l'Europe en fournirait suffisamment dans les trois derniers siècles qui se sont écoulés. Les réglements relatifs à la presse sont plus exclusivement que tous autres l'objet d'une législation intérieure. Les différentes langues des états de l'Europe font qu'il est inutile à l'un de ces états de se mêler des ouvrages publiés dans un autre. La variété qui existe dans les formes de gouvernement et dans les systêmes de religion, rend la presse de chaque état soumise à son souverain seul; et lorsque toutes les nations prétendent, ou peuvent prétendre au droit de prohiber les publications étrangères qu'elles jugeraient dangereuses, aucune nation n'a jamais cru pouvoir se plaindre de cette prohibition. Le défunt empereur Paul a repoussé de ses domaines tous les livres qu'il regardait comme dangereux; mais il n'a jamais fait de remontrances aux gouvernements sous lesquels ces livres avaient été publiés. Cette conduite était réservée pour la nouvelle ère de l'usurpation consulaire. La manière dont le journal officiel du gouvernement français a rapporté la mise en jugement de Pelletier, prouve suffisamment que rien que des punitions arbitraires, que l'abolition du jury de jugement dans les cas de libelle contre le premier consul, ou qu'un parfait silence de notre part sur tout ce qui a rapport à son caractère et à son gouvernement ne pourraient satisfaire ce nouveau dictateur de l'Europe.

Il fut un temps sans doute, ajoute notre auteur, *où le premier consul désirait obtenir l'estime et l'amitié de ce pays.* Mais je le demande : à quelle époque le premier consul eut-il jamais de pareils sentiments, et quels moyens a-t-il pris pour gagner notre affection? Etait-ce lorsque sous le directoire, il commandait l'armée désignée sous le nom d'*armée d'Angleterre*, et qu'il faisait à ses troupes des proclamations qui leur promettaient le pillage, qui menaçaient de désoler nos champs et de détruire notre gouvernement? Est-ce par ses cruautés à *Jaffa*, ou bien par sa lâche perfidie au siége de St.-Jean-d'Acre qu'il a voulu se concilier les Anglais?

Le peu d'attention que l'on donne au cinquième objet de discussion prouve que malgré les dispositions de notre auteur à pallier les crimes et à colorer les provocations de la France, il n'a pu combattre l'accusation qu'en prenant l'arme du ridicule. Je conviens avec lui que l'assertion officielle du gouvernement français *que l'Angleterre ne peut lutter seule contre la France*, mérite le ridicule; mais je n'accorde pas pour cela qu'elle en doive moins exciter l'animadversion de notre gouvernement, son ressentiment, et une provocation à la guerre. Le but évident de cette assertion est de nous dégrader aux yeux de l'Europe, de diminuer notre confiance dans nos ressources, et de nous amener insensiblement à nous regarder comme inférieurs à la France. Si l'on parvient jamais à ce but, nous serons mis au rang de ces nations avilies qui sont déjà soumises au joug de Buonaparte.

L'auteur paraît surpris que les ministres aient compris dans le catalogue de nos griefs le manifeste publié dans la gazette de Hambourg. Examinons maintenant cette affaire. Alors que les deux puissances étaient en négociation pour des objets de la plus haute importance, le chef suprême de l'une de ces deux nations, entouré de ses principaux fonctionnaires, et en présence des envoyés de ses vassaux (qu'il amuse en les nommant ses alliés) a fait au représentant de l'autre une insulte inouïe dans l'histoire, dans les annales de la civilisation, et qui aurait déshonoré le chef d'une horde de barbares. Pour pallier cette insulte, et pour ne point la réparer, il fallait tromper l'Europe au moyen d'une relation tronquée. A cet effet, on jeta les yeux sur le journal le *Hamburgischen correspondent*, qui, par différentes circonstauces, était généralement répandu. *Reinhardt*, ambassadeur de Buonaparte, après avoir employé la menace, fit insérer dans ce journal, non seulement la relation tronquée de la conduite frénétique de son maître, mais encore une philippique contre le gouvernement anglais. C'est ainsi qu'on a violé la paix d'un état libre en l'exposant au juste ressentiment d'une nation capable de le punir, d'une nation cependant sur l'indulgence de laquelle il pouvait plus compter que sur l'injuste ressentiment de la France. Rien de plus misérable que la marche adoptée par le premier consul, et approuvée par notre auteur pour pallier cette atrocité. Peut-on croire un seul instant qu'après avoir eu l'adresse de se concilier tous les partis qui depuis la révolution ont gouverné et désolé la

France, le prudent *Reinhardt* se soit ainsi conduit envers un état indépendant sans en avoir reçu l'autorisation? Le premier consul a-t-il désavoué *publiquement* la conduite de Reinhardt? A-t-on fait quelques excuses au sénat de Hambourg? ou a-t-on fait circuler un désaveu aussi public que l'offense? Jusqu'à ce que cela ait eu lieu, nous aurons raison de continuer la guerre.

L'auteur passe ensuite à l'objection tirée de l'agrandissement de la France, et il demande, d'un air de triomphe, *si la situation de l'Europe était essentiellement différente à l'époque du message, en mars* 1803, *de ce qu'elle était lors de la signature du traité d'Amiens, en mars* 1802*? Quel changement le premier consul a-t-il fait? Le Piémont ne lui appartenait-il pas? n'avait-il pas disposé de Parme? La Suisse n'était-elle pas à ses ordres? La Hollande n'était-elle pas subjuguée?* Ces questions ne peuvent être l'effet de l'ignorance; elles sont proposées avec cette confiance qui suppose que la réponse doit être favorable aux impressions que l'auteur avait l'intention d'exciter dans l'esprit de ses lecteurs. Mais il est certain que la réunion du Piémont à la France a apporté un grand changement à la situation de l'Europe. L'Espagne est actuellement aussi soumise au consul que l'était le Piémont lors de la signature du traité d'Amiens, mais pense-t-on *que la dissolution de son gouvernement et sa réunion à la France*, n'apporteraient aucun changement dans la situation de l'Europe; *que la dissolution du gouvernement de la Hollande et la réunion de ce pays à la France* ne changeraient rien à la situation de l'Europe? Et parce que le Piémont est moins considérable que l'un ou l'autre de ces deux pays, peut-on en inférer que le premier consul n'a fait aucun changement? A l'époque de la signature du traité d'Amiens, la Suisse possédait un gouvernement indépendant, faible à la vérité, mais néanmoins indépendant, et le consul ayant stipulé avec l'Autriche, par un traité antérieur, d'évacuer ce pays, la Grande-Bretagne avait moins sujet de faire des démarches pour assurer son intégrité; mais elle ne pouvait rien diminuer de son attention à surveiller ses intérêts. Après le traité d'Amiens, le premier consul trouvant que le gouvernement de la Suisse était trop indépendant pour son ambition, trop libre pour son caractère tyrannique, mais trop faible pour s'opposer à ses légions armées, leur envoya des soldats, qui se livrant à des cruautés que d'autres que des vandales n'eussent jamais imaginées, entrèrent dans ce pays heureux et tranquille, y déposèrent les chefs légitimes de l'autorité, qui étaient les élus et les idoles du peuple, donnèrent des fers aux vertueux amis de leur patrie, et distribuèrent les places aux vils instruments de son ambition pour gouverner, sous ses ordres, ce pays qu'ils avaient ravagé. Et dira-t-on que ce n'est pas là un changement dans la condition de l'Europe, une preuve d'un systême d'agrandissement?

Avant d'examiner les observations de l'auteur relativement à Malte, je commence par déclarer que je n'ai pas l'intention d'entreprendre la défense du traité d'Amiens, ni de la conduite des ministres envers les habitants de cette île. On peut sans doute dire beaucoup de choses en leur faveur sur ces deux points: le premier n'entre pas dans mon plan, ni dans celui de l'auteur que je réfute; et ce qu'on a dit sur le second n'est pas assez exempt d'esprit de parti pour me mettre à même de former un jugement.

Il paraît, d'après des raisons qu'il serait difficile d'expliquer, que l'esprit du traité d'Amiens, relativement à Malte, ne pouvait avoir son exécution. Il est certain que l'esprit du traité avait pour objet d'assurer tellement l'indépendance de l'île, qu'il ne fût plus désormais au pouvoir des Français ni des Anglais de s'en rendre maîtres. Si le gouvernement anglais signa cette convention sans prévoir les obstacles qui pouvaient la rendre illusoire, on peut l'accuser d'imprévoyance ; mais son amour pour la paix ne peut être révoqué en doute, et c'est tout ce que je prétends prouver actuellement. Si ces obstacles ont été suscités par les intrigues de la France, soit en exerçant son influence sur l'Espagne, sa vassale, qui s'empara des prieurés et des propriétés des chevaliers sur son territoire, soit en faisant tomber l'élection du grand-maître par le pape, son autre vassal, sur une créature de Buonaparte, on ne peut imputer d'autre blâme aux ministres anglais que de s'être fiés à la foi des traités avec un homme qui n'avait jamais gardé un traité, lorsqu'il trouvait son intérêt à le rompre ; mais son avocat ne devrait pas les condamner pour ce motif. Il paraît que les dispositions pacifiques des ministres britanniques d'un côté, et de l'autre les invectives de leurs antagonistes qui les représentaient comme des hommes faibles et timides, plus disposés à sacrifier les intérêts et la dignité de leur pays, qu'à venger ses insultes, avaient encouragé Buonaparte à penser qu'il n'éprouverait de leur part aucune opposition à ses projets ambitieux, et qu'ils fermeraient les yeux sur l'acheminement de Buonaparte à la monarchie universelle. On ne peut expliquer autrement la déclaration qu'il fit que l'Egypte devait tôt ou tard appartenir à la France, et la publicité qu'il donna à la relation ampoulée de Sébastiani. Mais après cette manifestation de ses desseins, c'eût été trop pour une pareille paix que de faire le sacrifice de Malte, ou même d'un objet beaucoup moins important. La lettre de Sébastiani, quoiqu'elle montre la folie de son auteur et la haine que l'on porte à Buonaparte en Egypte, prouve néanmoins qu'il cherche à se faire des partisans dans ce pays, croyant déjà entrevoir dans l'avenir le jour où il pourra exercer sa domination sur un pays dont il a été chassé par une armée britannique inférieure, et conduite par des officiers qu'il affecte de mépriser.

Je suis convaincu que nos possessions de l'Inde n'auraient rien à craindre d'une invasion, quand bien même les Français seraient maîtres de l'Egypte; mais ce pourrait être le signal d'une insurrection et un encouragement à la révolte pour les princes du pays qui ne nous aiment pas, et que la crainte seule empêche de manifester leurs dispositions hostiles; pour les mécontents qui sont sous notre domination, et pour tous les vagabonds et les oisifs répandus dans la péninsule de l'Inde. Les insurrections seraient calmées et les révoltes comprimées; mais elles coûteraient beaucoup de sang, de peine et de trésors, et l'Angleterre ne saurait trop se mettre en mesure de prévenir de telles calamités par tous les moyens que la bonne foi puisse avouer. Elle peut, dans les circonstances actuelles, remplir cet objet en retenant Malte, et comme le consul de France n'avait rien plus à cœur que de nous voir quitter cette île, et qu'il avait fait connaître le motif de cette sollicitude, nous avons certainement le droit de profiter de la non exécution d'un traité qui n'est due qu'à ses intrigues; nous avons le droit incontestable d'empêcher l'exécution de ses plans d'agrandissement et de conquête, qu'il a rendus publics, et dont il a fait l'aveu dans son cabinet; et comme nous avons d'autres motifs, des motifs sérieux de plaintes et de soupçons, qui, pris isolément eussent été peu importants, mais ajoutés les uns aux autres présentent une masse énorme, nous avons choisi celui-ci comme la base sur laquelle nous nous retranchons, et nous disons : jusque-là nous avons sacrifié nos griefs sur l'autel de la paix, mais consentir à de nouveaux sacrifices, ce serait renoncer aux avantages de la paix, sans trouver le repos que nous cherchons.

L'auteur de ce pamphlet croit tirer un grand avantage de l'*ultimatum* du gouvernement britannique, où l'on proposait que nous aurions l'île de Lampedouse, que Malte serait rendue aux Maltais, et que les Français évacueraient la Hollande et la Suisse. Il insiste sur la manière péremptoire dont l'*ultimatum* a été conçu, et sur le peu de temps qu'on avait donné pour y répondre; examinons-le d'une manière franche. Je pense que c'était là le vrai moyen et comme la pierre de touche qui pouvait nous faire connaître les projets de Buonaparte sur l'Egypte, et la disposition où il était de nous accorder un gage qui nous assurât que lorsque nous aurions évacué Malte, cette île ne tomberait pas entre ses mains. La haine que les Maltais portent aux Français est notoire, et s'ils étaient maîtres de l'île, et qu'ils eussent à leur portée une force britannique pour les secourir en cas de besoin, la souveraineté ne pourrait jamais leur en être enlevée de nouveau par les Français. Si Buonaparte n'avait pas eu des projets ultérieurs sur cette île, aurait-il élevé des difficultés sur la demande que nous faisions d'une forteresse dans la Méditerranée pour notre sûreté? Pour ce qui est du ton impérieux de l'*ultimatum*, et du bref délai qui fut accordé pour y répondre, on trouvera la justification du ministère britannique dans la conduite insolente et cependant dilatoire du gouvernement français, et dans les misérables subterfuges du ministre de Buonaparte et de ses chefs de bureau, qui prétextèrent que le secretaire était à la campagne, qu'on ne pouvait le trouver, et qui, pour obtenir un délai de quelques jours, se conduisirent de manière à dégoûter nos ministres des lenteurs d'une négociation dont l'issue ne devait pas leur paraître douteuse, ou qui devaient juger, que la blessure pourrait bien disparaître un instant à l'aide d'un palliatif, mais qu'elle se rouvrirait bientôt avec encore plus de venin.

L'auteur demande : *Si nous persistons à refuser tous les plans de conciliation offerts par la Russie, qui a manifesté qu'elle désapprouvait notre conduite, qu'est-ce que l'Europe doit penser de nous? De quel œil la Hollande verra-t-elle la situation où nous l'avons plongée? Que diront les Suisses, les Romains et les Napolitains? n'avons-nous pas jeté un brandon de discorde sur le continent, et ne sommes-nous pas ce vent impétueux de l'ouest qui souffle l'incendie qui doit dévorer les états qui nous avoisinent?* Je ne dissimule pas que j'ai peine à contenir mon indignation en transcrivant un pareil langage! Mais posons les questions avec modération.

Quel est le plan de conciliation offert par la Russie, que nous ayions rejeté? A quelle époque et de quelle manière cette puissance a-t-elle manifesté sa désapprobation de notre conduite? La Hollande doit-elle nous imputer les malheurs de sa situation actuelle parce que nous avons fait nos efforts pour éloigner de son territoire ces armées françaises qu'elle a successivement nourries et habillées aux dépens de son industrie et de la fortune publique? Quel tort avons-nous fait aux Suisses, aux Romains et aux Napolitains? Si notre intervention en faveur de la première de ces malheureuses nations n'a été d'aucune utilité, comment lui a-t-elle été préjudiciable? Quel reproche avons-nous mérité de la part des deux dernières? N'avons-nous pas, du moins pendant un certain temps, protégé leurs antiques lois, leurs anciens gouvernements, qui tout défectueux qu'ils étaient, avaient quelque chose de céleste, si on les compare aux pillages, aux confiscations, aux rapines et aux massacres ordonnés par Buonaparte? Avons-nous allumé dans l'Europe le feu de la discorde, nous qui avons mis tous nos efforts à assurer à chaque pays ses anciennes possessions, et qui avons fait le sacrifice de nos conquêtes pour assurer son repos?

Demandez aux pays que nous avons conquis, et que nous avons ensuite restitués pour la paix de l'Europe, si nous avons été pour eux ce vent impétueux qui souffle des feux dévorants? Interrogez l'Égypte, Minorque, la Martinique, le cap de Bonne-Espérance, et sachons si nos conquêtes y ont amené la famine, la ruine et l'oppression? Qu'ils disent si notre domination n'a pas été pour eux un bienfait qui a assuré la garantie de leurs personnes, de leurs lois et de leurs propriétés, qui a répandu l'esprit d'industrie et de civilisation, et qui leur a fait trouver les douceurs de la paix, même au milieu de la guerre? Voilà de quoi tout Anglais peut justement se glorifier, tandis qu'il serait presque ridicule de demander les pays que Buonaparte a conquis qu'il n'ait pas ravagés, et où il ait porté ses pas sans y laisser des traces de sang? Quelle terre a vu flotter ses drapeaux qui n'ait été désolée, ravagée et en proie à toutes sortes de calamités? *Et cependant nous sommes ce vent impétueux qui allume des feux dévorants!!!!*

Je suis persuadé, mon cher Monsieur, que, d'après cet échantillon, je pourrais en sûreté laisser là ce pamphlet et son auteur, sans avoir besoin d'en dire davantage; mais je ne dois pas passer sous silence une expression incidente qui me paraît insidieuse. Il accuse le gouvernement d'avoir violé le traité relativement au cap de Bonne-Espérance. La chose n'est pas telle qu'il la représente : l'exécution n'en fut que suspendue, et elle eut lieu bientôt après. Cela peut être un sujet de regret; mais c'est du moins une nouvelle preuve de nos dispositions pacifiques.

On nous dit, dans le dernier paragraphe, que nous avons exaspéré un ennemi farouche et entreprenant. Ce tyran sera toujours dans un état d'irritation tant que la liberté existera avec des formes imposantes : c'est-elle qui met une barrière à son ambition, qui lui fait connaître la crainte par la haine qu'il inspire, et qui trouble les heures fugitives de son sommeil agité. Cet homme audacieux, tout encouragé qu'il soit par la flatterie, enivré de succès, rassasié de puissance, enflé de ses conquêtes, regarde en pâlissant l'image de la liberté, et frémit à l'idée qu'elle tiendra le burin de l'histoire qui retracera à la postérité le vrai caractère d'un tyran. Cela suffit pour nous rendre compte des motifs de son exaspération, et doit nous apprendre à chérir de plus en plus cette liberté qui l'irrite.

Si l'on demande encore pourquoi nous faisons la guerre, je réponds que c'est pour notre existence comme nation, pour le maintien de cette dignité imposante, de cette supériorité enviée, et de ce haut point de civilisation auquel ce pays est redevable de tous les avantages dont il jouit, et sans lesquels notre existence comme nation ne vaut pas la peine d'être disputée. Si nous nous soumettons à des insultes réitérées, jusqu'à ce que l'insulte ait perdu son aiguillon, nous verrons éteindre peu à peu ce sentiment de l'honneur national qui en a été le préservatif et l'appui. Si nous souffrons qu'on nous dise que nous ne nous mêlerons pas des affaires de l'Europe, que nous devons rester simples spectateurs des événements, sans nous permettre de plaindre son sort, et encore moins de venger ses injures; si l'on nous dit que le grand consul de la grande nation est offensé de notre presse, de notre liberté parlementaire, de notre hospitalité pour les infortunés; et que nous nous soumettions même à entendre un pareil langage, nous ferons les premiers pas dans cette carrière de l'avilissement, qui ne nous était pas encore connue; nous commencerons à délibérer sur nos droits, qui n'avaient jamais été contestés auparavant, et dans de telles circonstances, la nation qui délibère est perdue. C'est un malheur sans doute qu'il n'y ait d'autre alternative, contre cette cruelle calamité, que les chances incertaines de la guerre; mais si c'est là le moindre des maux, il faut nous soumettre aux événements *et attendre tout de notre énergie, et de l'esprit public qui nous anime*. Ne perdons pas de vue que, par cette paix qui suivit le traité d'Amiens, nous fûmes arrachés aux douceurs du repos par l'horrible spectacle de nouvelles oppressions et de nouvelles conquêtes. Notre commerce fut paralysé par les restrictions de notre voisin nouvellement réconcilié; nous ne pûmes adopter un systême d'économie à cause de son attitude alarmante, de ses menaces sans cesse réitérées, et de ses agressions contre ses voisins. Nous parûmes, par notre silence, acquiescer aux spoliations et aux confiscations qui se faisaient en Allemagne, et l'Europe fut ainsi privée du seul rayon d'espoir qui lui restât pour son affranchissement. La guerre dans laquelle nous nous trouvons engagés ne nous fait perdre aucun des avantages que cette paix nous procurait. Nous levons l'étendard, nous nous récrions contre le despotisme militaire qui menace de conquérir et de vandaliser l'Europe; nous marquons un point autour duquel les états humiliés du continent pourront se rallier lorsqu'ils se réveilleront de leur léthargie, *et qu'ils auront le courage de briser leurs fers sur la tête de leur oppresseur;* nous instruisons l'univers que les droits de la liberté sont trop précieux pour des Anglais, pour souffrir qu'on ose les révoquer en doute; nous déclarons aux nations du continent que, si elles se soumettent au despote, leur soumission leur attirera notre vengeance, et nous les forçons ainsi à calculer les horribles effets de leur pusillanimité.

Par la guerre, nous annonçons en effet à l'Europe, que si elle se soumet à l'état de vassal, elle ne convient plus à nos relations, et que c'est dans des régions éloignées, et dans d'autres climats, que les Anglais doivent chercher désormais les bienfaits de ce commerce et les sources de cette richesse auxquels ils doivent leur grandeur et leur élévation, et qui ne peuvent jamais leur être enlevés tant qu'ils resteront unis.

Je n'ignore pas, mon cher Monsieur, qu'on peut faire deux objections contre la guerre que nous avons entreprise, et qui même ont été omises par l'auteur en question, et je vais les exposer et les discuter séparément. La première, c'est que le motif de la guerre était indéfini ; la seconde, c'est que l'issue en est incertaine. Ces deux objections peuvent être réfutées par un argument qui me paraît sans réplique, savoir, que la guerre était inévitable de notre part, et qu'elle provient d'agressions que nous ne pouvions pas repousser d'une autre manière.

Le manque d'un objet déterminé n'est pas particulier à la guerre actuelle: au commencement de toutes les guerres précédentes, les objets étaient variés, et ils changeaient selon le cours des évènements. La même chose peut arriver aujourd'hui, si de nouveaux combattants entrent en lice, et si de nouveaux intérêts se mêlent à la querelle; mais, dans l'état actuel de la guerre, je pense que nous avons pour but de nous mettre en garde contre toute espèce d'insulte qui porterait atteinte à notre caractère national, et d'établir un centre d'action autour duquel nous puissions réunir les forces de l'Europe, si elle venait à se réveiller de son apathie, et d'attendre des évènements qui, combinés avec les efforts de l'extérieur, pourraient amener un changement dans le gouvernement de la France, ou affaiblir sa puissance au point que la forme de ce gouvernement, ou les individus qui en auraient la direction, deviendraient des objets peu importants pour le monde.

Examinons actuellement la seconde objection que l'on fait contre l'issue incertaine de la guerre. Ne pouvons-nous pas espérer avec raison que les habitants de la France se lasseront du despotisme qui les opprime, lorsqu'ils se verront destinés à être les instruments de l'ambition personnelle du Premier Consul? La guerre et toutes ses calamités, la destruction du commerce, les réquisitions, les bras enlevés à la culture, le poids des impôts, tant de circonstances ne peuvent-elles pas provoquer un changement trop impérieux pour qu'on puisse l'empêcher? On ne connaît plus en France ces sentiments élevés, cette énergie et cet enthousiasme qu'enfante l'amour de la liberté: c'est une vieille histoire que les Français se rappellent à peine. Croit-on que la discipline qui y a succédé souffrira sans se plaindre les privations et les fatigues d'une longue guerre? La première lueur d'un changement n'aura-t-elle pas dans toute l'Europe l'effet de l'étincelle électrique; et tous les cœurs *ne seront-ils pas animés du désir de partager avec la Grande-Bretagne, l'honneur de détruire le destructeur de la civilisation?*

Il est de la nature du pouvoir, lorsqu'il passe de certaines bornes, de dégénérer en faiblesse. L'empire de la France s'étend depuis l'Elbe jusqu'à l'extrémité de l'Italie, et depuis le Danube jusqu'au Tage; et cet empire ne renferme-t-il pas le germe de sa destruction, si l'oppression qu'il exerce fait murmurer tous les peuples soumis à sa domination?

Mais, dira-t-on, la France doit-elle éprouver seule les calamités de la guerre, et la Grande-Bretagne sera-t-elle à l'abri de ses horreurs? Que ne puis-je répondre dans l'affirmative! Sans doute nous avons ressenti, et nous devons nous attendre à porter encore tout le poids des circonstances où nous sommes placés. Il s'agit de défendre ce que nous avons de plus cher, et les sacrifices doivent être proportionnés à la cause que nous soutenons. Nous avons déjà éprouvé des désastres dans nos manufactures et dans notre commerce, et ils sont l'effet de ces grands changements d'un état de guerre à un état de paix, ou d'un état de paix à un état de guerre; mais nous serons bientôt en mesure de les surmonter. On trouvera de nouveaux marchés, ou de nouveaux chemins qui mèneront aux anciens marchés, et les colonies de nos ennemis seront forcées d'y envoyer leurs productions, recevant de nous, en échange, tous les objets dont elles auront besoin; et l'on verra bientôt, fussions-nous même exclus de tous les ports de l'Europe, que les pays qui nous auront été fermés, consumeront nos manufactures, et les produits de leurs colonies et des nôtres, et ces objets n'entreront qu'après avoir procuré un bénéfice aux négociants anglais.

Les taxes, qui sont la conséquence inévitable de cette lutte, sont sans contredit pesantes, et il n'y a pas d'espoir qu'elles puissent diminuer, tant que nous suivrons le sage systême qui a été adopté de supporter nos charges au lieu d'en embarrasser la postérité; mais, quelque lourdes qu'elles soient, elles sont réparties avec une telle sagesse, qu'elles pèsent principalement sur ceux qui peuvent en supporter le poids; et si les riches sont forcés de retrancher de leur luxe la sobriété, la tempérance et l'habitude des privations offriront une compensation publique pour la perte que la diminution de ces objets de luxe fera supporter aux fabricants. Je ne prétends cependant pas faire envisager les malheurs de la guerre comme une chose qui offre peu d'inconvénients pour nous. Les demandes du fisc sont une calamité terrible pour les pensionnaires, les veuves et les orphelins; mais tant que nous serons favorisés de moissons abondantes, ces malheurs seront plus aisément supportés, et la nature de la querelle nous inspirera l'énergie nécessaire pour braver les plus grands maux.

Si le gouvernement de la France, par ses intrigues auprès des puissances du Nord, et son influence sur les états dn Midi, parvenait à augmenter le nombre des ennemis de la Grande-Bretagne, j'espère que nous serons en mesure contre tous les évènements.

Qui Parthum paveat, etc.

Les puissances du Nord ont senti la force de nos armes; et la perte de leur commerce, ainsi que l'augmentation de leurs établissements sur le pied de guerre, les rappelleront bientôt à leurs vrais intérêts. Nous n'avons à craindre aucune hostilité de la part de l'Espagne et du Portugal, et ces puissances nous offrent des moyens faciles de nous indemniser de l'exclusion de nos vaisseaux de leurs ports d'Europe.

Je regarde les craintes d'une invasion comme chimériques: la difficulté de l'entreprise suffit pour faire pâlir les plus audacieux; et si, par un concours de circonstances imprévues et improbables, un débarquement venait à s'effectuer, n'aurions-nous pas à opposer à l'ennemi des troupes régulières, une milice nombreuse et bien disciplinée, et tout un peuple armé de volontaires qui combattraient dans leurs propres foyers pour la défense de leurs vies, de leur liberté, de leur religion, de leurs propriétés, et de l'ordre social; et quand on combat pour de tels motifs, la victoire peut-elle être douteuse?

FIN.

www.ingramcontent.com/pod-product-compliance
Ingram Content Group UK Ltd.
Pitfield, Milton Keynes, MK11 3LW, UK
UKHW020422230726
13925UKWH00004B/1558

9 782014 025231